# NADINE

Luiza Romão

# I. O CRIME

## NADINE MORAVA NO TERCEIRO ANDAR À ESQUERDA

que eu fosse morrer jovem
entre as ferragens de um caminhão munck
em plena fernão dias
ou com um osso de galinha atravessado na glote
disso não tinha dúvidas

que eu fosse morrer rápido
quando as luzes da cidade
se apagam
escandalosamente em agosto
disso tinha minhas suspeitas

mas não lembrar de nada
absolutamente nada um borrão
a calcinha arreganhada nos joelhos
e uma câmera apontada pro meu cu
isso nunca imaginei

## LUIZ ALFREDO TRABALHA HÁ DOZE ANOS NA MESMA EMPRESA, TEM ALERGIA A GATOS

02:49
insuportáveis tamancos de chumbo
isso são horas de ficar zanzando por aí
bater porta resmungar ao telefone
vá dormir criatura amanhã acordo cedo

16:30
esses tamancos agora all star vermelhos
voltam do mercado com laranjas
uma caixa de sabão
algo semelhante a uma frigideira

06:10
nunca mais ouvirei *lucy in the sky with diamonds*

12:05
quando não são vermelhos os tênis
são vermelhas as bolsas ou as unhas
ou o cabelo ou a embalagem de comida
pronta que chega à portaria dia sim dia não

06:15
não há morte pior pra uma música
posso garantir
que se tornar despertador de celular

02:22
em breve a volta pródiga dos tamancos
nada breves os quarenta e oitos degraus

são muitas as pernas
pra que tantas
gargalhadas

04:53
enfim dormir em paz

06:10
no beatles no pain

22:00

02:40

16:54

12:00
alô, é do corpo de bombeiros?

**TODO PRÉDIO TEM SEUS ARQUIVISTAS.* OS FERREIRAS RESISTIRAM AO TEMPO E À SECURA. COMENTAM COM O DETETIVE SOBRE NADINE:**

ela tinha uma gata chamada kiddo
se mudou com o namoradinho
ele foi embora e várias caixas
o sofá lilás ficou a gata não sei
os casais deste prédio não duram nadinha
são como esses móveis de compensado
primeiro perdem o equilíbrio
bambos perdem parafusos
nem o verniz salva
os casais deste prédio são o puro suco do cupim
foi assim com luiz alfredo e madalena
a conceição já veio divorciada
o p. convenhamos é um solteirão convicto
dos casais desse prédio sobrou só
nós somos em seis apartamentos
um desalugado
quer dizer
dois agora

* *A Maurinete Lima, a maior das arquivistas*

## O TERROR DA VIZINHANÇA

no começo foi por tédio depois curiosidade
nadine abria uma a uma as correspondências
alheias e alheia ao perigo da quebra de contrato
corria assim que o carteiro passava ninguém
dava falta de nada

os ferreiras compravam e compravam utensílios de cozinha
batedeiras facas um saleiro azul em forma de comboio
luiz alfredo não veria tão cedo o fim das prestações
as cópias do divórcio de conceição dariam uma bíblia
só p. não recebia envelopes
a edição delux da revista pornô
foi tudo em meses e meses
de investigação detalhada

nadine e suas
pequenas obsessões

roubar correspondências
não deixar rastros
ouvir beatles
não ser deixada pra trás

**O APARTAMENTO DE CONCEIÇÃO TEM A VISTA INDEVASSÁVEL. ELA FICA COM A FILHA DE SEGUNDA A QUINTA. RECLAMAVA DE NADINE CONSTANTEMENTE. UMA SEMANA ANTES DO CRIME PROTOCOLOU:**

lá vem o cheiro infernal de água oxigenada 40 volumes a se espalhar pela boia da privada tubulações inteirinhas carcomidas pelo odor insuportável da amônia ainda que se abram as janelas também a sala o tapete de crochê a prateleira em cima da tv 42 polegadas se infestam a toninha tosse o pai vem buscar amanhã e nadine decide pintar as madeixas hoje couro cabeludo chamuscado coloração cereja já reclamei a fofa retoca dois dedos algumas mechas religiosamente a cada vinte e um dias fica tudo impregnado por horas e horas não tem cheiro pior no mundo que esse digo tenho certeza não tem cheiro pior no mundo que esse

conceição ainda não conhecia a putrescina

## NADINE LÊ SUAS SENTENÇAS

I. O LEGISTA É UM HOMEM DISCRETO, ESPECIALISTA EM JOGOS DE SIMULAÇÃO. REPETE O ENGODO COM CONVICÇÃO:
estava desacordada
não deve ter sofrido tanto
se acordasse
de nada
se lembraria

II. SE AINDA IMPRIMISSEM JORNAIS E ELES VENDESSEM COMO ÁGUA, NÃO HAVERIA NENHUMA MENÇÃO À MINHA COLEÇÃO DE CHAVEIROS E AO POSTER DE LANA JUAREZ NA REPORTAGEM. A MANCHETE SE RESUMIRIA A:
uma vítima é uma vítima
e nada nadinha nadine
mais que uma vítima

III. NA MESA DO DELEGADO SE ACUMULAM COPOS TÉRMICOS E SACHÊS DE AÇÚCAR. UMA FOLHA DE PAPEL ALMAÇO ANUNCIA AS APOSTAS DO BRASILEIRÃO. O JUVENTUS TEM MAIS CHANCES DO QUE EU:
uma vítima não frequentaria bares tão duvidosos como esses

## AL PACINO STYLE

a cena do crime é limpa
tão organizada quanto um set de scorsese
não há camisinhas não há sêmen
os homens são tantos quanto invisíveis

na geladeira
uma silhueta em fogo
o ar consome
o que já não é corpo

luiz alfredo guarda o ímã no paletó

# II. FLASHBACKS

## A PRIMEIRA VEZ QUE NADINE FOI DEIXADA PRA TRÁS, ELA AINDA NÃO ERA RUIVA

o sol se põe à esquerda e nadine tem enjoos
cada vez que o ônibus mergulha chacoalhando
a quentinha com bolo de milho preparada pela tia
é quinta-feira tem quatorze anos palavras cruzadas
um chiclete de melancia

cochila picado a cabeça prensada entre o vidro
e a válvula de emergência a marcha reduz
posto café do bom
um tatu atravessa a pista
o motorista para no acostamento

quinze minutos e segue viagem

nadine tem a bexiga cheia
no teto do banheiro
o mofo repousa
nadine abaixa a calça
um filete de sangue
da coxa até o joelho
não acha absorventes
molha o papel higiênico
limpa o rastro esfrega
o jeans na pia improvisa
uma barreira na calcinha
a mancha dá lugar à poça
nadine tem quatorze anos
palavras cruzadas chicletes
e vergonha

quando abre a porta do banheirinho
o expresso catatau vai longe
lusco-fusco vergamota
nem sinal do tatu

nadine e a rodovia 82-B
*and she's gone*

## A SEGUNDA VEZ QUE NADINE FOI DEIXADA PRA TRÁS, ELA AINDA ACREDITAVA EM FILMES COM JENNIFER GARNER E MARK RUFFALO

tão estúpida quanto um gaveteiro
o namoradinho arremessa os cabides

quero a gata o liquidificador é meu
nadine escuta as lâminas

kiddo se refugia na prateleira mais alta

que vá
tenho dentes de vidro
meu bem
gosto por tequila

## QUANDO TINHA VINTE E TRÊS, NADINE CONHECEU O TRABALHO DE LANA JUAREZ

lana dormia e dormir era seu trabalho
sua performance mais celebrada

dormia em espaços públicos escadas
e galerias em antigos cinemas do centro

antes do amanhecer e durante o almoço
entre executivos e torcedores fanáticos dormia

e suas coxas se transformavam em maçanetas
corrimões dormia profundamente com as pernas

abertas e fechadas o tronco encolhido os joelhos
dobrados a boca semicerrada de pé entre portas

em terrenos baldios perto de batalhões dormia
e dormir era sua investigação seu ofício

lana dormia e uma câmera lembrava aquilo que
no sonho se esvaecia as mãos que se aproximavam

os dedos em suas partes os homens que a transportavam
em suas costas e até mesmo em caminhonetes lana dormia

e acordava em rodoviárias pequenas com outros sapatos
alguns trocados a mais ou a menos nos bolsos dormia e suas fotos

e vídeos dormindo valiam milhões a primeira artista latino-americana
a expor no moma ou em algum museu assim lana dormia

e dormir era seu ato mais radical uma performer a ser celebrada
aspas aspas aspas

numa quinta-feira maçante a foto de lana caiu nas mãos
de nadine assombrada pesquisou seu nome suas obras

a morte sinistra incendiada por um ex-namorado
lana dormia e dormindo nadine não lembrava de nada

um vazio
seu vídeo não estava em museus

**A TERCEIRA VEZ QUE NADINE FOI DEIXADA PRA TRÁS, ELA JÁ NÃO RESPIRAVA. BOA NOITE, PRINCESA, FOI O QUE DISSERAM:**

pode-se chamar de sono
esse apagão
depois do flunitrazepam?

# III. A INVESTIGAÇÃO

## NA MADRUGADA DE TERÇA-FEIRA, P., O PUNHETEIRO DO 12, ENCONTRA O VÍDEO DE NADINE NUM SITE DUVIDOSO

Ó coxas, rivais do pensamento
roçar narcótico de desejos
surdas a suplicantes ensejos
que cruzam o hall sem cumprimento

Ó coxas daquele apartamento
sua imagem em meu azulejo
é inspiração de vis manejos
sonhos ébrios sem ressentimento

Ó dona de tão formosas coxas
inesquecível pelo vermelho
No vídeo, saltam as unhas roxas

ao lado, homens sem evangelho
Ó bando de imensuráveis trouxas
tão parecidos a mim no espelho

## FAMOSA QUE NEM MARILYN MONROE

não há quem não ejacule
não há quem não sorria

o advogado no banheiro da firma
o adolescente no provador da loja
os doze meninos ao redor do celular

não há quem não ejacule
não há quem não sorria

## NEGOCIAÇÃO NO PRIMEIRO ANDAR: MESMO DEFUNTA, P. NÃO DISFARÇA O INTERESSE EM MEU SHORT BOMBER

o apartamento é pequeno
apenas uma janela pro pátio interno do açougue
p. tem entre trinta e nove e cinquenta e cinco anos
pode entrar permaneço estancada na soleira
lá fora um funcionário cruza o pátio
descarta pedaços de ossobuco
antes do vídeo suas coxas nadine
p. derruba propositalmente o pen drive
o funcionário sai permaneço estancada na soleira
p. tá velho demais pra se abaixar
o funcionário volta com a carcaça de uma leitoa agacho
procuro o pen drive atrás da escrivaninha de mogno
o short sobe a carcaça é maior que a lixeira

nos filmes policiais
as investigações são mais higiênicas

## PISTA QUE CAI DO CÉU

I.
toninha esfrega os olhos
brinca com o fogo
me reconhece pelas mechas vermelhas

onde você encontrou isso deixa eu ver
por dois prensados
me passa o isqueiro
alongado
azul branco vermelho
b&c em alto relevo

alguém deixou cair no corredor
subo e desço a alavanca
o maçarico menor que eu
é um isqueiro de respeito toninha

II.
são infindáveis as comparações entre fogo e desejo
amor que arde sem se ver e coisa e tal
poeminhas em chamas e coisa e tal

com doze anos toninha já manuseia extintores
com trinta e dois o ex-namorado de lana
embebedou-a em gasolina

alguns disseram crime passional
e coisa e tal

## UMA DUPLINHA DA PESADA

*sento-me com luiz alfredo pra discutir as ocasiões de minha morte*

L.A.:
eram quatro tenho certeza um deles tinha o solado emborrachado
derrapava a cada degrau dois riam até perder o fôlego sem achar
o interruptor o último não falava português devia ser o dono
do isqueiro não se vende desses por aqui parece holandês

N.:
quatro? mas no vídeo eram cinco as vozes

*luiz alfredo se levanta abre o fichário com anotações miúdas*
*sua letra é constante e agudíssima*

L.A.:
tenho certeza eram oito pés
nem sinal de seus tamancos você devia estar sendo carregada

N.:
mas no vídeo são cinco as vozes
*luiz alfredo dá o play contraio o estômago*

*quando viva brigamos três vezes*
*na primeira uma infiltração de gás*
*na segunda roubei-lhe uma carta*
*alfredo maurício espero que essas palavras te encontrem bem. em anexo, os exames de laringe que me pediu. lembre-se de manter distância dos gatos. adeus e paciência, madalena f.*

L.A.:
não faz sentido cinco vozes como assim
só se vieram em quatro e um subiu depois
mas se vieram juntos por que ficou pra trás?

*fico em dúvida se peço ou não um pouco*
*de água conhaque cachaça o que tiver*

L.A.:
por quê? por que subiu por último?
*luiz alfredo lista as possibilidades*
1. o quinto foi convidado de última hora pra se juntar ao grupo
deve então morar nas redondezas afinal o intervalo foi curto
mas ninguém desceu pra atendê-lo como entrou sem a chave?
ele tinha a chave deve ter pego da sua bolsa
portanto eles vieram juntos o quinto que se demorou na rua
2. foi à farmácia comprar preservativos hipótese sensata
mas já passava da meia-noite e a drogaria mais perto fica
na avenida pompeu impossível ir e voltar em seis minuto
a menos que fosse correndo mas aí subiria as escadas
esbaforido o que não condiz com a silenciosa disposição
com que cruzou o hall eu teria percebido o ar afobado

*alfredo adora conjunções ao enunciá-las puxa*
*setas sobre o papel minha garganta está seca*
*senta segura a caneta com os indicadores*
*enquadra a sala em termos de*
*abaixo da esferográfica*
*acima da esferográfica*

N.:
você tem algum destilado?

*sua cozinha é milimetricamente ordenada*
*alguns eletrodomésticos de segunda linha*
*nem sinal de destilados*

L.A.:
a menos que

*uma tônica pede socorro na geladeira*

L.A.:
a menos que

*nunca imaginei luiz alfredo sorrindo*
*mas eis seus incisivos*
*sob os lábios ressecados*

L.A.:
é isso! ele foi estacionar o carro

## MEIO CLIFF JANEWAY, MEIO ESPINOSA

luiz alfredo é o tipo de homem que confere o troco
chega três horas antes do voo pede a segunda via
luiz alfredo nunca esquece uma data
luiz alfredo sabe que eles vieram de carro

no dia seguinte
luiz alfredo percorre os quarteirões
com seu crachá da seguradora
volta com sete placas e três palpites

um gol 1.6 preto
uma caminhonete cinza
duas motocicletas
um furgão comercial
uma lamborghini
um uno amassado

luiz alfredo descarta
as duas motocicletas
o uno tem cadeirinha
o furgão é empresarial
restam a caminhonete
o carrão o golzinho

## GOLPE DE ROTEIRO

toda história policial tem sua reviravolta
é batata o delegado tornado cúmplice
a pista falsa um beco sem saída
qual seria o carro o hálito lembrar o nome
cada curva do rosto minha cabeça
batia e batia
parafusos
toda história policial tem sua invertida
como pregar quadros e segurar
entre caninos e molares
dois pregos de puro aço
bater e bater
deixar firme
o quadro
recomposto
aos poucos
na memória
eram cinco
não era um gol
toda história policial se torna óbvia quando revista

mas é preciso estar viva pra isso

é preciso juntar os fatos e as rugas
preciso entender aquela noite
toda história policial tem seu close-up
a caixinha de pregos rolando
pelo chão da fiorino
uma curva acentuada
minha cabeça

prensada
contra o vidro
a bater a bater
um quadro tomba
toda história policial tem dicas e um final surpreendente
olha só não era o carrão nem a caminhonete quem diria
o furgão o furgão

## LOOK FOR THE GIRL WITH THE SUN IN HER EYES

na terceira vez em que brigamos
luiz alfredo se descontrolou
socava a porta éramos só nós dois
ali no prédio antigo três andares
acima do açougue santo corte
luiz alfredo me desejou uma morte
insuportável eu ria tinha lhe pregado
uma peça qualquer bem otária

uma morte insuportável

depois de achar meu corpo
a garganta de luiz alfredo se fechou
por três dias um colar de pele róseo
entre a glote e a laringe

*glass on body imprints*

ao me estender o papel esverdeado
com o emblema broers construções
talvez luiz alfredo possa abandonar os anti-histamínicos

# IV. O FINAL

## AGORA É CONOSCO

### I.

as dependências da broers construções são monumentais
trezentos metros de muro azul branco vermelho
a sigla b&c numa caligrafia kitsch

espero lana terminar o milkshake
nesses últimos dias descobrimos
comer ajuda na vigília

não foi difícil conseguir o carro
os ferreiras saudaram os velhos tempos
vê se descansa depois disso nadine

lana abre o porta-luvas
repassamos o plano
já já o fim do turno
só ficarão os vigias
quase todos santistas
dia de semifinal
deixarão a ronda
pra tomar
um sacode
do verdão

é nossa chance

só um segurança continuará no posto
é capricorniano e detesta organizadas
kiddo mia no banco traseiro
sabe o que fazer

## II.

assim que a van acelera levando os últimos funcionários
saímos do esconderijo
coleção de chaves balaclava um roteador de internet
deixamos stallone no chinelo

## III.

a única coisa positiva
de estar morta é poder
ralar o joelho à vontade
lana diz enquanto salta
o muro e joga a mochila
kiddo passa ligeira
arame farpado
avista o vigia

em segundos
arranhará seu rosto
o cartão de acesso
entre os dentinhos

## IV.

o galpão largo e exato
porcelanas jogos de banho
casas que nunca serão habitadas
lana passeia entre persianas
eu paro num assento de mármore

no braço o gesto
de pôr ao chão
tanto vidro

na galeria seguinte
o estacionamento
vinte furgões
iguaizinhos

batemos as placas
o histórico do gps
está limpo porra

**v.**

deve haver algum registro
lana reclama enquanto observo
o veículo que dias antes
levou meu corpo inconsciente
um caderno de controle sabe
resolver o crime era o de menos
eu precisava reconstituir a cena

lana se senta na mesa de controle
abro a gaveta com a chave micha
uma prancheta guarda as tabelas
a placa cada horário a assinatura
do responsável na última coluna

seis de agosto
à noite
nada

kiddo mia fitando a porta

como eles pegaram o carro sem deixar vestígios?

roteamos a rede abrimos o sistema operacional
naquela noite os funcionários bateram o ponto
no horário certo dos vigias apenas dois tinham
licença de motorista eram quartas-de-final
postaram fotos assistindo à partida na salinha
dos funcionários não foram eles

tem que haver alguma pista

lana soca a parede
kiddo arranha a madeira
meus ombros pesam

acho que é o fim da linha

**VI.**
os minutos se arrastam
o que foi kiddo dá um tempo
tem que haver alguma pista

abro a porta a gata sai varada
três corredores um lance de escada
arranha e arranha uma porta chique

lana libera o alarme kiddo se joga no sofá
embaixo das almofadas de veludo cheira
a blusinha vermelha que eu usava aquela noite

sala da diretoria
acesso exclusivo
dos sócios holandeses
os cinco broers aparecem sorrindo no porta-retratos da entrada

## SE ESSE FOSSE UM FILME TRASH, OS CINCO SÓCIOS APARECERIAM DECAPITADOS NUM DOLLY OUT EM CÂMERA LENTA

antes de ser adotada
kiddo era mais conhecida como
felina santo corte

mesmo em dias de chuva
aparecia no pátio do açougue
pontualmente às seis da tarde

com o máximo de ternura
nos olhos
garantia nutritivo sangue
pros dentes

## ESSE NÃO É UM FILME TRASH

a aurora se anuncia
nas olheiras de lana
estamos exaustas

nenhum sinal de tráfego
na avenida de cinco faixas
estamos esgotadas

me deito na transversal
lana sobre meus ombros
estamos furiosas

paramos
os primeiros motores avançam
permanecemos imóveis

as primeiras buzinas reclamam
permanecemos convictas

uma mulher aparece do outro lado da calçada
tem o estômago perfurado por facadas

se deita conosco
minha clavícula abraçando seus pés

as rodas gritam no asfalto amanhecido
outra mulher surge
carrega os dedos numa bolsinha de crochê

os semáforos enlouquecem
sirenes esbravejam ao fundo
elas surgem do nada
as sobrancelhas raspadas

já somos mais de vinte
paradas
irredutíveis

coturnos cercam as adjacências
um helicóptero mapeia o estrago
nossos corpos ocupam
todas as faixas
somos centenas
todas as ruas
somos milhares
e decidimos parar

mortas do mundo uni-vos

lana respira
lidem agora
com os corpos

**LUIZA ROMÃO** é poeta e atriz. Autora dos livros *Coquetel motolove*, *Sangria* e *Também guardamos pedras aqui*, desenvolve mestrado em Teoria Literária e Literatura Comparada pela Universidade de São Paulo. Pesquisa o hibridismo entre poesia, performance e vídeo.

**AGRADECIMENTOS** A Ana Rüsche, Estela Rosa e Rafael Zacca, pelas leituras e pelos comentários generosos no desenvolvimento deste livro.

**Edição** Bruno Zeni
**Capa e projeto gráfico** Sílvia Nastari
**Revisão** Lilian Sais

Dados Internacionais de Catalogação na Publicação (CIP)
(Laura Emilia da Silva Siqueira CRB 8-8127)

Romão, Luiza.
*Nadine* / Luiza Romão; capa e projeto gráfico, Sílvia Nastari;
1ª ed. — São Paulo: Editora Quelônio: 2022. 48p.; 14 x 21 cm.

ISBN 978-65-87790-34-3

1. Ficção: Literatura brasileira 2. Literatura brasileira: poesia
I. Romão, Luiza. II. Nastari, Sílvia.

13-20227 CDD 869.91

Índices para catálogo sistemático:
1. Ficção: Literatura brasileira
2. Literatura brasileira: Poesia 869.91

Editora Quelônio

Rua Venâncio Aires, 1072
Vila Pompeia
05024-030
São Paulo - SP
www.quelonio.com.br

**Fontes** Chaparral Pro, de Carol Twombly, e
Andada Pro, de Carolina Giovagnoli (Huerta Tipográfica).
**Papéis** Pólen Bold 90 g/m$^2$ e Kraft 240 m/g$^2$.
**Impressão** Pigma.
**Tiragem** 1.000 exemplares.
São Paulo, agosto de 2022